Ta chambre est un désastre!

Itah Sa

Illustrations de R

Texte français de **Claude Cossette**

Je peux lire! — Niveau 4

Éditions
SCHOLASTIC

À mes nièces, Michelle Blackman et Luleka Keyi,
mes étoiles.
– Itah

ISBN 978-4431-2436-2
Titre original: *Please, clean up your room!*

Copyright © Itah Sadu, 1993, 2013, pour le texte.
Copyright © Roy Condy, 1993, pour les illustrations.
Copyright © Éditions Scholastic, 2013, pour le texte français.
Tous droits réservés.

Édition publiée par les Éditions Scholastic, 604, rue King Ouest, Toronto (Ontario)
M5V 1E1 CANADA.

6 5 4 3 2 1   Imprimé à Singapour 13 14 15 16 17

Christophe habite avenue des Lilas avec
sa famille. C'est un très bon garçon qui
fait les courses pour ses voisins et rend
toujours service à ses parents. Il excelle
aussi dans les sports et, à l'école, il est le
premier de la classe.

Mais il n'y a qu'une seule chose
que Christophe ne fait pas bien, c'est
nettoyer sa chambre. Ses vêtements
traînent partout. Le plancher est
couvert de livres, de papiers et de
magazines. La poussière s'accumule.
La chambre de Christophe *pue*!

Ses chaussettes puent le fromage à point,
Les poissons souffrent dans leur coin,
Des champignons poussent sur du pain,
Et l'air est vraiment malsain.
Un vrai désastre!

4

La mère de Christophe refuse d'entrer dans cette chambre. Elle a peur d'y trouver des serpents. Sa grand-mère s'évanouit chaque fois qu'elle y met les pieds et son père ne s'en approche jamais. Quand ses amis restent à coucher, ils font des cauchemars et rêvent de rats.

Lorsqu'ils se plaignent, Christophe se contente de dire : « J'aime ma chambre comme elle est. Je trouve toujours tout et c'est confortable comme ça. » Et il refuse de faire le ménage.

Ses parents ont tout essayé. Ils l'ont privé de dessert, ils lui ont interdit de regarder la télévision, ils ont même refusé qu'il invite des amis. Rien à faire, il ne veut pas nettoyer sa chambre.

Ses chaussettes puent le fromage à point,
Les poissons souffrent dans leur coin,
Des champignons poussent sur du pain,
Et l'air est vraiment malsain.
Un vrai désastre!

Les deux poissons qui vivent dans le
bocal commencent à s'inquiéter pour
leur santé. Cela fait des semaines que
Christophe n'a pas changé l'eau. Elle est
si verte et trouble que les poissons ont
l'impression d'étouffer.

Ils essaient de trouver un moyen pour
que Christophe nettoie sa chambre.
Toute la journée, ils réfléchissent et
discutent, mais sans réussir à formuler
un plan. Ce soir-là, tandis qu'ils
prennent leur repas, ils aperçoivent une
coquerelle qui traverse la chambre à
toute vitesse.

— Madame Coquerelle! Madame Coquerelle! appelle un des poissons.

La coquerelle s'arrête.

— Bonsoir, messieurs Poisson. Que puis-je faire pour vous? demande-t-elle.

— Nous avons besoin de votre aide. Nous voulons convaincre Christophe de ranger sa chambre.

— Oh, ce n'est pas possible, réplique Mme Coquerelle. Je ne peux pas rester ici. Cette chambre est trop sale. Je ne faisais que passer. Christophe est bien comme ça.

Ses chaussettes puent le fromage à point,
Les poissons souffrent dans leur coin,
Des champignons poussent sur du pain,
Et l'air est vraiment malsain.
Un vrai désastre!

Les poissons se mettent à pleurer.
Personne ne veut les aider. Ils sont perdus.
Mme Coquerelle baisse les yeux. Elle
déteste voir des poissons pleurer. Elle est
désolée, mais que peut-elle faire?
Soudain, elle a une idée.

— Ne pleurez pas, dit-elle, je vais en parler à mes amies. Puis je vous ferai part de notre plan.

Mme Coquerelle se rend à la confiserie d'à côté où ses amies ont organisé une petite fête.

Cette nuit-là, les coquerelles élaborent un plan, puis en informent les poissons qui se montrent très contents. Ils savent bien que les coquerelles sont les candidates parfaites pour ce travail.

Le plan est mis en œuvre à 23 h 30.
Des milliers de coquerelles se réunissent :
elles arrivent de l'est, de l'ouest, du nord
et du sud. Il y en a de toutes les sortes.

Elles mettent leur masque à oxygène et,
à 23 h 45 précises, elles rampent vers la
chambre de Christophe.

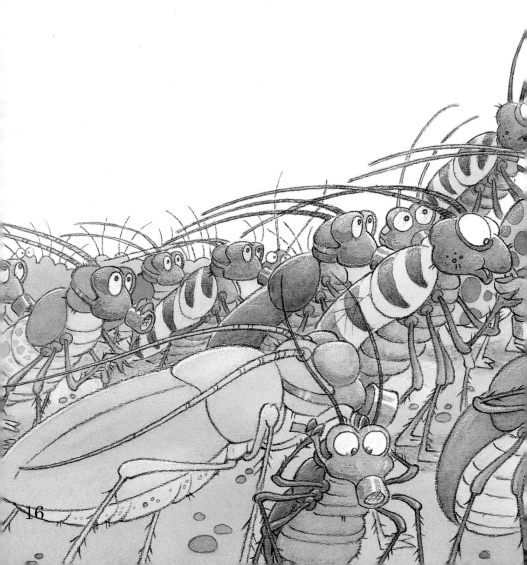

Christophe dort profondément. Ce jour-là, il a joué une bonne partie de baseball, il a mangé une crème glacée avec son ami Alex et il a refusé une fois de plus de nettoyer sa chambre. Quand il sera plus vieux, il la rangera peut-être, mais pour l'instant, elle est très confortable comme ça.

Ses chaussettes puent le fromage à point,
Les poissons souffrent dans leur coin,
Des champignons poussent sur du pain,
Et l'air est vraiment malsain.
Un vrai désastre!

À 23 h 55, les coquerelles sont à leur poste. Les poissons les regardent envahir la chambre tandis que chaque surface se couvre d'un mélange d'ombres et de couleurs.

À minuit, l'opération commence. Une coquerelle se laisse tomber sur l'œil de Christophe. Le garçon cligne des yeux. Une autre atterrit sur son nez. Il la chasse de la main. Soudain, une autre encore tombe dans sa bouche; cette fois-ci, il se réveille en sursaut.

Il allume, mais il ne peut pas crier. Il a le souffle coupé. Il essaie d'enlever les coquerelles de son lit, mais il en arrive sans cesse. Celles qui sont sur les murs se mettent alors à bouger.

Elles forment des lettres :
CHRISTOPHE, RANGE TA
CHAMBRE TOUT DE SUITE!

— Demain, dit Christophe, je la
rangerai demain.

Les coquerelles répliquent :
RANGE TA CHAMBRE TOUT DE
SUITE. ON NE PLAISANTE PAS.

Et elles s'avancent vers lui. Des
coquerelles bleues, des grises, des noires,
des brunes, des coquerelles rayées et
des coquerelles à pois. Il y en a de
toutes les sortes.

Des dodues, des maigres,
des grosses et des petites
entourent son lit. Et
elles sont de plus en
plus nombreuses.

Christophe est terrifié. Il court
chercher le plumeau, le balai,
l'aspirateur et le panier à lessive.
Rapidement, il ramasse tous ses
vêtements. Il lève les yeux. Le quart
des coquerelles a disparu!

Il époussette alors ses livres et les
étagères, met de l'ordre dans ses papiers
et lève à nouveau les yeux. Un autre
quart des coquerelles a disparu. Il passe
le balai et l'aspirateur; les trois quarts
des coquerelles ont maintenant disparu.

Christophe nettoie bien sous son lit;
le dernier quart des coquerelles s'en va,
sauf Mme Coquerelle qui se trouve sur la
commode à côté du bocal des poissons.

Christophe ouvre la fenêtre et s'empare
du bocal pour le nettoyer. Lorsqu'il revient,
Mme Coquerelle se retire à son tour.

Les poissons sont contents et un vent
doux souffle par la fenêtre. Tout est
beau et propre, tout reluit et
étincelle. Même Christophe se
sent mieux. Il regagne son lit
et s'endort aussitôt.

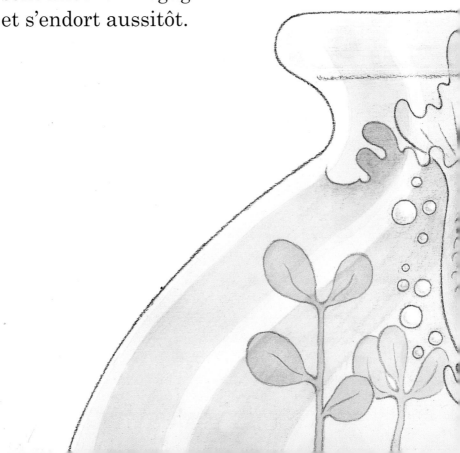

27

Le lendemain matin, la famille de
Christophe n'en croit pas ses yeux.
Tout le monde vient voir sa chambre :
sa mère, son père, sa grand-mère et même
ses amis.

Mais tous sont perplexes. Qu'est-ce qu'il lui a pris?

Christophe n'en dit mot à personne. Mais chaque fois qu'il aperçoit une tache, de la poussière, une miette sur le plancher ou une pile de vêtements sur la chaise, il range et nettoie.

Il n'est pas près d'oublier la
nuit des coquerelles!